詩集

朝のメザシ

天木三枝子

土曜美術社出版販売

詩集　朝のメザシ＊目次

装丁／青山徹治

詩集　朝のメザシ

I

朝のメザシ

朝の食卓に
窓からやさしく
晩秋のあわいひかりが差す

輝く
メザシ一匹
滑稽な貌を仕留める

焦げた鰭

渇いた眼
背中の曲がり具合
甲にただよう斑
黄ばんだ手のひらが
深い秋を享けている

わたしは満ちてきた朝を食む
海にいた勢いで
あなたは跳ね
上目づかいで食らいついてくる
水の中から生まれた者どうし
お互い黙したまま

尾を反り

背を反り
朝の風に巻かれ
躰をよじらせる
わたしはあなた

旅するレタス

直売センターの買初めは
レタスの苗三株

店先の片隅
不安な日々を重ね
レタスは出会いを待っていた
――る　る　る
　エデンの東*から
　貨車に乗ってきました

レタス三兄弟は
やわらかな葉脈で
地下の水音をきき
苦手な夏をしのぐ
結球をそっと撫でると
籠の中へ

氷室に避暑したレタスは
鮮度が自慢
その歯切れ
シャキ　シャキ

苦みひかえめ

喉の奥が
グリーン　グリーン

白い台所の朝
草原の羊のように
転がるレタス

＊　映画「エデンの東」

紫の町

女たちは
ためらいがちに
白詰草を摘む

長老たちは
お茶をすすりながら
仮面のような町に
首をかしげ　遠くの山を仰ぐ

若者は
さだかでないものに
戦いている

空気が濁りはじめ
紫の町が痩せていく

化粧台からツゥと立った女が
白詰草を髪に
背筋をのばし
歩いていく

黄昏の空はまだ明るい
歩いてゆく

囲む

寒さの残る台所
土鍋の中の食材が
沸き立ち
マーブル模様を描く

白い絹豆腐に
吸い寄せられ
煮え滾る
波打ちぎわに

恋の駆け引きのように
近づいては遠のく

囲む土手は
情熱の野菜畑
壊れそうで壊れない
茂みに顔をのぞかせるキノコ勢
崩れそうで崩れない

土鍋を囲んだ者たちの小鉢に
取り分けられた豆腐は
笑いの中にとける
湯気は天井をつたい
明日の空へ運ばれていく

日傘

一本目の日傘は
画家小倉遊亀の「径《こみち》」
溌剌と歩む
母は白い傘　子は黄色
犬も引きつれ

二本目は
漱石の『坊っちゃん』
色白美人のマドンナが松山の橋をわたる

白地レースの日傘をさして
うらなり先生とはその後……

影に隠れているのは
モネの「日傘の女」
匂いたつ傘をさし
女は帽子をかぶる
光の画家が影を描く

それからもう一本
母の匂いのする日傘
帽子が好きじゃなかった母さん
今日もその傘をさし
暑さをしのぐ

寒鴉

I

雲をみて　空に雲があるな　と思っただけ
石をみて　石だな　と思っただけ
窓辺の虫をみて　ころがっているな　と思っただけ
庭の木々たちに　葉っぱがないな　と思っただけ

アハ　ハ　ハ　ハ
ついに

痛みも痒みもなくなってしまった

Ⅱ

白い朝
黒い羽根に受けた雪が
解けてゆく
嘴からも落ちてゆく

モチの木に
氷柱がぶら下がる
透明な冬
尖ったものに触れた者は

人でなくなるという

朝が
ポト　ポト
解けてゆく

いとをかし

ゆうべ磨いたやかんは
キラキラ光り
ストーブの上で静かに
わたしの起床を待つ

春はあけぼの＊

丸いものは安心を運ぶ
我が家の大切なやかん

そこにあるだけで快い
台所に漂う威厳
たおやかな佇まい

いとをかし*

ストーブにかける
チリチリ　ピチピチ
程よい音を出す
赤ん坊のように
ケタケタ
機嫌を損ねた蓋を
パタパタ
怒ると口から熱湯を

ブクブク

どこまでも民の味方
長閑かであどけない風情
丸みにひそむ古えの温情

やうやう白くなりゆく*

*「枕草子」より

夏を拭う

アブラ蟬
鳴けば猛暑はおさまると
耳に傲慢すぎる　蟬しぐれ
肌に謙虚すぎる　風しぐれ
降りそそぐ　夏

黙したまま熱く語る　夏
ダルマのように座っている　夏
そこにいるだけで癇にさわる　夏

この夏を拭わねば
新しい秋を招くことができない
暑さに負けぬよう
ためされている　夏

信号待ちで若い夏を見た
ペットボトルを逆さに
灼熱の太陽を仰ぐ
餓えた獣のようにゴクゴク
口から流し込む
汗まみれの背中
透明な力は
帽子をかぶらない

信号が青に変わり
若者は再びペダルを漕ぎはじめた
細い地平線
夏の錨がそこまで落ちている

Ⅱ

百舌

ケッケッケッ
ヘッヘッヘッ
ケケケ　ケケケ
百舌が笑う
遠くて近いところ

笑いごとではない
こっちに向かって来るのは
夏なのか　秋なのか　いきなり冬

思わせぶりですぐ豹変する
季節を繋ぐ糸は見えない
張り合う力は限界
作り笑いで逃げるしかない

乱れてしまった秋に失望し
やっと赤く色づいた枯れ葉は
風がやんでも
くるくる回り
ポトリ
静かに枝を離れてゆく

金木犀の香りに溶け
百舌がまた笑う

ケケケ　ケケケ
四辺を領するその声が
深く肝にしみる

草刈り

初夏の風を背に
朝を歩いていた

東の方から
ウィーン　ウィーン
カラカラ　ウィーン
ガー　ゴギゴギ　パラパラ
ウィーン　ウィーン
草刈り機の音は

地を這い背骨に張りつく

音が途切れない
うねり　くねり　波となり
街じゅうをかきまぜ
風を切り裂く

この機械はいったい
何を擦り合わせているのか
雑草ばかりではないようだ

耳をつんざく轟音は
いつの間にか
澱となって血管に詰まる

摩耗は激しくなってゆく
取り換える替刃はもうない

やっと草刈りが終わる
草刈り機は
夕日を浴び
刃を緩めくつろぐ

柊

部屋の上座に髭を垂らした仙人がいる
マントを羽織り
右手に悪人を小突く杖をもつ
左手は歳時ごとに変わり
二月は　柊の枝をもつ
この柊　厄介なことにトゲトゲしい

節分の夜
わたしにはお決まりの儀式がある

三人の孫の綿菓子のような体を
ギュウ　ギュウ　ギュウ
わたしのすべてを差し出し抱きしめる
こころは満たされるが
抱きしめた十本の指先では
ヒリヒリ　棘が疼く
孫たちの柔らかな体の奥底
これはもしや
無垢な魂の深遠に隠れる
行く末への試練なのか

柊様　お願いします
あなた様は　生まれたときから鋭い棘をお持ちですが
この世を予感して身を守ることをご存知だと思います

邪気を祓われ　鬼の目つきと聞いております
どうか　どうか　幼児たちの先にある壁を　突き破り
香る風を通してやってくださいませ

息を吹きかけ
親指と人差し指の間
一枚の
柊風車が回り始める
ギザギザの葉が疼《ひいら》ぐ

変幻自在な箱の中

春はゆるい風を漂わせ
肩にふれ合うほどのところで止まっている

天狗　なまはげ　小面《こおもて》
バロン　青い目玉のアミュレット　ツタンカーメンもどき
名前も知らない面　面　面
時代も国籍も違う者たちが
箱の中で空間をつなぎ合わせ
陰影深くおどろおどろしさを醸す

これらの仮面をつけて
昼夜をとわず
ジャッカ　ジャッカ　踊ります

変幻自在な妖怪のように
未来を夢みて……
古い箱の中で日々姿を変え
踊りつづける

魚のシッポをハサミで切ったり　叩いたり
ほこりと戯れたり　掻きむしったり
タケノコの皮を剝《む》いたり　ちぎったり
毛抜きで鯖の骨を　一本いっぽん引き抜いたり
ナメクジのように塩で消えそうになったり　胸を張ったり

歪なキャベツや玉ねぎの涙
ボッソ　ボッソ　踊ります

こうして痛む頸椎をなぐさめ
箱の中で融合させてゆく

水ぬるみ
動くものがある兆し
明るい訝
わずかな隙間から
東風が入り込む

暮れまどう

金木犀の匂い
誰に向かって放つのか
誰を呼び戻そうとするのか
辺り一面に漂うものは
胸のゆれを隠さない

山の向う
幾つもの出来事が空を焦がす
町の人々は

すり減った靴を履き
ベリベリと赤むけになり
息を吐く

砥ぎ忘れてしまったものは
錆び付き
少しずつ沈んでゆく

橙色の花びらが
雑踏に散らばり
匂いを放つ

暮れまどう

梅雨寒の町

雲に日射しがさえぎられ
オホーツクからの冷たい風は
わたしの重い瞼を湿らせる

夕暮れの舗道わき
育ち過ぎたネギ坊主が
申し訳なさそうに整列する

——あの町　この町　日が暮れる　日が暮れる*1

道ばたの青い雑草たちは刈り取られ
コンクリートの隙間
見逃された草がやっと息をしている
この町はもうあの町ではなくなってゆく
ダンダンと　ダンダンに

部屋の中では
脱げたスリッパを履き直し
掃除機をウェンウェン泣かせる女の影
腰を屈め歪んだコードをヨロヨロ
飾り棚に近づく
額縁を抜け出た絵画「叫び[*2]」
欄干の上から

虚空に向かい奇声をあびせる

根深い傷や塵はもう拭いさることはできない
掃除を終えると
掌の運命線がまた汗ばむ

――お家がだんだん　遠くなる　遠くなる[*3]

梅雨寒の町は
わたしを置いてゆく
ダンダンと　ダンダンに

＊1、3　「あの町この町」（唱歌）
＊2　エドゥヴァール・ムンクの油彩・テンペラ作品（一八九三年）

白い鳥

八月の午後
伸びてゆく過去と温度計の赤
――暑いね　暑いねー　暑いねー
言わずもがなのことをつぶやく

灼熱騒動に巻き込まれ
あらゆるものがグッタリ動かない
噎せる暑さに生気を失う
木々の葉先は　ジリジリ

渇いたカマキリは脱皮できず生死を彷徨う
度を越したモンスターは
心身を蝕み
いちだんと大きく膨らむ

赤ラインが焼き付ける目盛
いのちの沸点を超え　発火しそうだ
眉の繋み　チリチリ
しばられた臓器　バラバラ
うつらうつら　伏せてゆく

色褪せた畳の上
しまい込んでいたものが

灰汁のように浮き
炎天を漂う
空目か　空耳か
からみつく汗にずぶ濡れになり目が覚める

この騒動とわたしの間に
白い鳥が
憂愁の蔭から身を起こし
いつまでも佇んでいる

鶏

畑の隅に
鶏が一羽だけ飼われていた

昼夜を分かたず
金切り声がする
眠れぬ夜も
共同体への想いが
声をあげる

真夜中
鼬に襲われ
ぷっつり
鳴き声が聞こえなくなった

折れ曲がった羽根
赤く染まった羽根
生の秩序が喪われる

小屋のわきに咲いた百日草
黄色い花びらに野辺送りの露

鶏はなぜ声を残さなかったのか
どうせ逝かねばならぬと

こころ重く覚悟したのか

追い詰められ
嘴を尖らせ
真っ赤なトサカを
凜々しく立てて

Ⅲ

緑の午後

わたしの白い地図が
いつとはなしに
洗脳されつづける

もう幾日も
うすいグレーの雲が
動揺する気配もなく
小ぬか雨を降らす

閉じたはずのわたしの地図まで
湿り気はやってきて
身体じゅうを瑞々しく包む
聴いているのはボサノバ
リサ[1]の心地よい気だるさ
想いあふれて[2]　おいしい水[3]
疲れたからだにしみる

南の国
サンパウロから来た祈禱師が
ギターを爪弾き歌う
神事がはじまる
（し　ず　し　ず
（す　や　す　や

深い眠りが祈りのようにやってきて
わたしの午後を緑に閉じこめてしまう

歌は終連にさしかかる
雨が本気になって降り出し
緑がひっそり
わたしの成分となる

ボサノバにゆったり
溺れている緑の午後

＊1　歌手　小野リサ
＊2、3　ボサノバの曲

ポカーン

脳はどこかへ出かけたまま
開いた口は　ポカーン
耳が鳴り　ポカーン
鼻はムズムズ　ポカーン
国中が病にかかり　ポカーン

空っぽのまま
目が泳ぎ
空を仰いだ

空はわたしを見ていた
胸が震え
足を組みなおした
空はいつもこっち向き

ぷかぷか　浮いて
ふらふら　千鳥足
酔ったついでに
逆さメガネでのぞく
みえるみえる
まわるまわる　変形社会

ポカーン　ポカーン
ぐるぐる　ポカーン

約束

陽射しにまだ色はなく
庭で暮らすものたちは
ゆるやかに芽生え
それぞれの門前で踵を上げている

白い空を背景に一羽の鳥が
神経質に首をゆらし
何かを探し求めている
「うーん」とためらいがちに

絡み合った藻のようなわたしの髪へ停まった
巣をつくりたいのだ
わたしは追い払うことができなかった

――わたしの髪は細くて弾力もないし
　頑丈な巣は出来ないよ
――でもここがいい

鳥が輪郭の曲がった部屋をのぞく
脊柱《せばしら》に工事中の立て札
五臓の曲がり角には
癌という名の巣が作られているかもしれない
卵を産み　孵化を待ち
子どもたちが飛び立つ日まで

巣を護るという大切な約束
わたしは守れるだろうか
思いあぐねる

樹木たちはことばを持たないものにやさしい
百の手は雲のように湧き
居心地のいい陽だまりをつくっている

雨干し

頬に
ポツン
額に
ポツン　ポツン
やさしいビンタのように
ポツン　ポツン　ポツン

びしょびしょになったからだ
さとすように

爽快さが訪れる

雨の中をおよぐ
落ちゆくもの
消されゆくもの

雨なのに　晴れ晴れ
降れ　振れ　触れ
生かされている

こころが雨をはじく
水鞠が飛び散る
きらきら浮かぶ

（黙って！

水声がはじける
誰かわからない
（黙って！

名付けにくい危うさ

五月なのに
すでに暑さは勢いづいている

見えぬものに操られ
口をふさがれた人たちは
そそくさと逃げるように
足早に立ち去る

帰る道は近道

ここには横断歩道も信号もない
広い道路の真ん中
渡り損ね　前も後ろも負のループ
（急ぎなさい
風圧は髪を巻き上げる

気まぐれにみちびかれ
一歩踏みだせばそこに死
もしもの危うさ
一気に逝くなら　トラックの前

ここまできたのだ
戻ることはできない
車は止まってくれる気配などない

あの赤い車が去ってから
あの土まみれのトラックが去ってから
今度こそ

定めの時間に間に合わない
(急ぐのです
心の掟に縛られ判断が鈍る

恐怖に乗っ取られないように
微かに笑ってみるけれど

冬日和は絵画展

コツコツと年は明け
初春《はつはる》が芽を出し始めた

ひんやりした庭椅子に腰をおろし
見上げると
裸木は握りこぶしを突き上げ
曲線が絡み合う
親へしがみつくような梢
　サワサワ　サワ　サワ

額縁のない絵にも遠近法
最果ての梢から入念に描かれ
とうに剪定されたものたちは
消えない節となり
微風に
小さな唸り声をあげる

冬日和
背にあたる陽は
木の精を
呼び寄せている

ときに色彩　ときにモノクロ　ときに裸
匂いや音を重ね

会話でもしているようだ
冬陽の連なりのなか
枯枝が燃える

人形の素顔

ブラインドから洩れる光を受け
わたしの人形が少し笑う
目は葡萄の種より小さい
鼻は小豆ほど
頬はぽっちゃりと膨れ
まるごとトマトのように

わたしの守り神として
ときとして　いないよう

ときとして　いるよう
人形であることを忘れさせる
わたしが胸の玉をなげると
人形に縫いこんだ赤い玉が
跳ね返ってくる
わたしの指でひと針ひと針
添い寝して育てたひとりっこ

いつの間にか化粧は落ち
素顔のまま
中心が右にかしいでいる
ひとりでおいても泣きません
北の窓に立つ棗の実が色づき

人形の象牙色スカートと
しっとり混じり合う

予告もなく
ある日
光があふれる眩しさのなかへ
足音もなく
わたしの人形が消えてゆく

鬼と云

見えないものほど　見たくなる
隠されるほど　見たくなる
魂はすべての生き物に住みついているという

ジャックと豆の木に　梯子を借り
雲の通路を登り　覗き見
右に　鬼鬼鬼鬼鬼鬼鬼鬼鬼鬼鬼鬼鬼鬼鬼　の鬼梯子
左に　云云云云云云云云云云云云云云云　の云梯子
魂は　種々の領域に密して語らず

行儀よく並んでいる

揉め事がはじまったようだな
右に住む鬼が
――いつも同じ場所はつまらん
　隣は軽くていいなぁ
　一度でよい　交代してくれ
左に住む云は
――うん　うーん　云々かんぬん
　そこに鏡が……

石が流れ
木の葉が沈み
鬼は左　云は右

　䰟䰟䰟䰟䰟䰟䰟䰟䰟䰟䰟䰟䰟䰟䰟䰟䰟䰟䰟
珍奇な軽い芝生
忌まわしい幻影
鬼の角も見えない
偽なるもの

鬼は右　云は左
　魂魂魂魂魂魂魂魂魂魂魂魂魂魂魂魂魂魂
見えないものを見る
目撃者はおのれ自身
真なるもの

秘密の眩惑

刻む音もなく
時計草が咲きはじめた

自然界のＤＮＡの思惑
新芽にだけ　花をささげ
予期せぬ方向に咲く
濃紫の雌しべ三本　黄緑の雄しべ五枚
花の針は
何時何分何秒を指すのか

見つめ合う花とわたしの間を
危うい予感に向かって流れてゆく

巻きひげの先端は
辛気を沈めようと
廊下の柱時計まで届く
花の針は
日に何度となく　何をか確かめ
うなずき　また戻ってゆく

わたしは好みの美術本をひらく
キッチンの古びた時計は
固執したまま刻みつづけ
花は予期せぬ方向に咲く

朝食のパンの上に
柔らかなカマンベールチーズ
ゆがんだままとろけ
口に運ぶと
サルバドール・ダリのシュールな笑い声

——ついにグリニッジ時計台まで狂い始めました
昼のニュースが告げる
わたしは本を閉じ
庭に出た

萼《がく》はうな垂れ
時計草を支え続ける

溶けてゆく

土塀に秋の光がころころ転がっている
剝がれたすき間に蟻
きのうここで遊んでいた子どもたちのおこぼれ
飴の欠けらに群がる蟻

乾いた土の上に
絵文字が浮き上がる
上からの眺めは
ナスカの地上絵のようだ

わたしは蟻の道をみている

ふぇろもんはいのちの道しるべ
ワッシ　ワッシ　オシヨセ　オシヨセ
匂いの伝言を受けとったものたちは
自分の道を決して見失わない

蟻は花を点描していた
地に咲く花を
土への祈りを

地上から帰ると
もう夕暮れていた
うすあかりのなか

今年のカレンダーは残り一枚
わたしはいま
蟻の道のように並ぶ数字をみている
暮らしの連なり
その点の帯が
飴のように溶けてゆく

夕の献立

口にするものは
すべて台所を通る
慣れ親しんだここで
ひとりのたそがれ
あれやこれや
夕の献立を思案する

冷蔵庫を開く
残った野菜

三つ葉　隠元　オクラ
緑の葉っぱ
氷結した三尾のエビ
二転三転する糸口
苦肉の策がうかぶ
わたしは膝を打ち
残りものを俎板に並べる
——ソウだ　春の天ぷら

小麦粉の肌理に任せ
ざっくり攪拌
エビは常温で解凍する

鉄鍋に油をたっぷり

強火で温度を上げる
まずは鮮やかな緑の葉っぱ
テ　キ　パ　キ　揚げる
それから一尾のエビを放つ
ジュジュジュー　ジュワージュワー
大きな気泡がひろがる
パチパチ　パラパラ
小さな気泡がはじく
チッチ　チッチ　チ　チ
パッチン
油切りはしっかり
エビは「つ」の字でプリプリ
残り二尾もつづけて揚げる

素朴な土の名残り
濃厚な潮の香り
手を合わせ
――いただきます

わたしの背中を
無言で通りすぎる気配に
振りむく

誰もいない

あとがき

第一詩集『揺れながら今日』を上梓してから、十八年もの歳月がながれてしまいました。

近いうちにと、思ってはいたのですが、何の準備もないままに出版を決断させられたのは、世界を震撼させている新型コロナウイルスに対する不安に煽り立てられたことが大きな要因でした。

今回ここに収めた拙詩は、同人誌「さちや」「ピウ・piu」の中からこの十年ほどの作品を時系列で編みました。

長い間、詩を書き、読むことを欲してきたのは、現実から自己を救済したいとの本能そのもののように思われてなりません。

詩の世界にあって、私のささやかな願いがあります。それはかつてのフランス人のように、木陰や公園のベンチで珈琲でも飲みながら、お喋りついでに仲間たちと自作の詩を朗読し合ったりできること。コロナ打開後、そんな光景が日本のあちこちで見られるようになれば、新しい国づくりにひと役買えるような気がしています。

これまで長年にわたり、詩への道しるべとなってくださいました篠田康彦先生、本詩集を編むにあたりご指導いただきました冨長覚梁先生には、心より感謝申し上げます。また、詩を書くことを、より楽しい学びの場にして下さった詩友の皆さん、さらに、装丁に係わっていただきました旧知の青山徹治さんには、厚く御礼申し上げます。最後になりましたが、第一詩集出版以来、十八年も前のことを明断に覚えていて下さり、変わらぬお心遣いでご指導いただきました土曜美術社出版販売の高木祐子様に感謝申し上げます。ありがとうございました。

二〇二一年七月　かすかに遠雷が聞こえる日

天木三枝子

著者略歴
天木三枝子（あまき・みえこ）

1948年　岐阜県生まれ

2003年　詩集『揺れながら今日』

岐阜県詩人会会員・中日詩人会会員・日本詩人クラブ会員
所属誌「さちや」同人を経て「ピウ・piu」同人

現住所　〒501-0406　岐阜県本巣市三橋182-3

詩集　朝《あさ》のメザシ

発行　二〇二一年九月十五日

著者　天木三枝子
装丁　青山徹治
発行者　高木祐子
発行所　土曜美術社出版販売
〒162-0813　東京都新宿区東五軒町三—一〇
電話　〇三—五二二九—〇七三〇
FAX　〇三—五二二九—〇七三二
振替　〇〇一六〇—九—七五六九〇九
印刷・製本　モリモト印刷
ISBN978-4-8120-2636-6　C0092